꿈으로 온 한 세상

정의웅 시집

꿈으로 온 한 세상

국립중앙도서관 출판시도서목록(CIP)

꿈으로 온 한 세상 : 정의웅 시집 /지은이 : 정의웅. -- 서울 : 한누
리미디어, 2015
    p. ;   cm

ISBN  978-89-7969-502-1  03810 : ₩9000

한국 현대시 [韓國現代詩]

811.7-KDC6
895.715-DDC23                              CIP2015009988

정의웅 시집

# 꿈으로 온
# 한 세상

한누리미디어

# 헌사(獻詞)

삶의 그림자를
하나 둘 주워 담을 수 있는
아름다운 공간과 찰나 속에
사랑하는 나의 혈육과
소중한 인연들께 진심으로 감사드리고
서로서로 공유할 수 있었음을
먼 조상 부모님의 영전에
이 글을 바칩니다.

2015. 1. 28

# 차례 Contents

## 제1부   연오랑 세오녀 기리며

| 정의웅 시집

# 제2부 동녘 바라보자

13

# 차례 Contents

## 제 3 부  파란 하늘 아래서

# 제 4 부  빛과 그림자는

15

# 차례 Contents

## 제 5 부    거울 앞에서

# 연오랑 세오녀 기리며

동녘에 찬란히 빛나는 영일만에
신라 제8대 아달라왕 4년 서기 157년
동해변에 연오랑 세오녀 부부가 살았다네

연오가 바닷가에서 해조를 따던 중
갑자기 태양신의 부름으로 큰 바위배 보네
바다 건너 섬땅 저 멀리 건너갔다네
그 나라 사람들이 연오랑 맞아 무릎 꿇어
하늘이 내린 인물로 섬겨 새 임금으로 모셨다네

세오녀는 남편 연오가 돌아오지 않자
바닷가로 찾아 나섰다가 남편이 벗어둔
신을 보며 다가온 큰 바위에 오르니
그 바위 둥둥 떠서 멀리멀리 건너갔다네
연오랑 기쁨에 넘쳐 세오녀 맞이하여 얼싸안고
"오, 짐의 귀비여 하늘이 보내셨구려"
이때 신라 서라벌 터전은 해와 달이 빛을 잃었다네

수심어린 아달라왕께 일관이 조아리며 아뢰기를
"일월(日月)의 정기가 왜땅으로 번진 괴변이옵나이다"
"이를 어쩔꼬, 서둘러 왜땅으로 사신을 보내어라"

| 정의웅 시집

일본왕 등극한 연오랑의 이동은 한민족 천신(天神)의 뜻이니
"신라는 세오녀 왕비가 짠 세초(細綃)로 하늘에 제사 올리시오"

사신이 귀중한 비단보 모시고 신라로 귀국하여 천제 올리니
보라, 하늘에 다시 해와 달 드높이 밝아졌구나
해맞이 영일현(迎日縣) 또는 도기야(都祈野)라 하였고
제사 모신 터전은 신성한 성지로다
세오녀 왕비의 '비단보' 나라의 국보로 삼아
신라 서라벌 땅 귀비고(貴妃庫)에 모셨다네

태양 속에 까마귀가 산다는 양오전설(陽烏傳說)의
일본왕 된 신라 연오랑 세오녀는 한민족 사화(史話)로
빛나는 일월지(日月池)의 발자취는 우리 고장 영일만에
오래오래 눈부시게 머물 것이야 청사 길이 빛낼 것이네

# 날아라 새야

조용한 곳에 머물 수 없는 시간들
하나 둘 포개어지는 곳 멀리로

우린 끝없이 살 수 있는 끝없는 공간 향해
날아야 하네 날아가야 한다네
해맑은 그 날 눈부시게 쌓이는 곳 가슴에 담고

자욱한 안개 끊임없이 거두어 헤치며
어둠의 그림자 모두 지워 버리고
저 먼 빈 곳 푸르르게 더 푸르게 채우러

날아라 새야, 새야

# 화산(火山)

한적하고 조용한 산 중턱
아무도 모르는 풀잎과 나무들
인도네시아 수마트라 시나붕

참고 참았던 눈물은
지축을 뒤흔들면서 터져 나오는
생명체는 스스로 반성하고
하늘의 거룩한 뜻을 높이 높이 받들라는
자연의 순리이리라

앞을 바라볼 수 없는
검은 연기와 흑비(黑雨) 쏟아져
8,000m 상공까지 치솟고
분화구에 최소한 5km까지
벗어나라는 대피령 받은 12,300명

생명의 지혜는 자연으로 돌아갈 수밖에
신(神)을 경외(敬畏)하고 자연을 존중하리라

*지난 2013년 9월 17일 심야에 인도네시아 수마트라에서 해발
2,600m 시나붕 화산이 대폭발했다. 이에 놀랜 그곳 주민 6,200
여 명이 긴급 대피. 2013년 11월 3일 2번째 분화는 고도 7,000m
상공까지 불길과 연기가 솟구쳤다. 이 화산은 1600년에 이어
410년 만인 2010년에 폭발했었다.

# 바람과 함께 사라지다

보이지 않는 영혼(靈魂)의 그림자가
희미한 영상(映像)으로 흘러
신(神)의 존재로 찬란한 빛을

움직이는 그림자마다
기쁨과 즐거움을 느끼면서 걸어가지만
순간도 보람 있는 미래를 내딛고

이제 짧은 순간 순간
삶의 흐름처럼 얕은 물 위를
삶을 마감한 바람에 날리는 낙엽과 같이
바람과 함께 사라지다

# 갈대에게

조용히 흐르는 강둑 옆 철새는
이따금 메마른 늪지에 휴식 취하고
잔잔한 바람에도 미세한 소리 내며

갈대는 다시 또 흔들리고
한낮의 밝은 빛에 저물도록 무언가 속삭인다

정겨운 날들은 서로의 바람 속에 부대끼면서
서산 위에 해질녘 황혼이 널찍이 드리우면
잔바람에도 모두의 마음 다시 흔드는 갈대여
너희는 가이없이 바람결에 떠다니는 마음이런가

23

# 정상(頂上)이란
— 아프리카 최고봉 킬리만자로 향해


우리가 먼 곳에서 바라보며 뭉게구름 산중허리
휘감고도 어느 사이엔가 지나가고 있구나
산봉우리 향해 공연히 소리 지르지 말라
가고 있는 서로의 뜻 모두들 한 곳으로 나아가고 있으니
행여나 주위 시각(視覺)의 변화 주어진 발자국 속에
지각변동 따를까 조심조심 발길 옮기고 있는 험준한 산길
자칫 한 발짝 낭떠러지로 굴러 떨어질까 가슴 조이고
모두들 숨죽이며 침착하게 오르고 있구나
언젠가 높은 곳에 이르면 저 낮은 곳부터 뒤돌아보라
기쁨 얻었을 때 슬픔 얼굴 바라보고 흐릴 때는 개인 날을
빛과 어둠 서로 뒤엉키는 산길 오르고 다시 올라서며
마지막까지 한 걸음 한 걸음 나의 갈 길 꼭대기로 저 위쪽으로

# 안개

잔잔한 풀숲을 지나
자욱이 내려앉은 호수 위에
물결이 바람에 흔들리고
가 버린 시간들을 더듬어 가듯
미세한 물의 흐름이
그대의 가슴 속 깊이
마음에 와 닿는 곳

안개처럼 먼 지난날이
하나둘 희미한 가로등 사이로 사라져만 가고
이제 밝은 빛이 온 누리를 가득 채우는 즈음
미세하게 보일 듯 말 듯
한낮의 아지랑이로 변해 가고 있다

25

# 눈보라 속에

까마득한 허공 천상의 소리
쉼 없는 바람에 휘날리며
간간이 흘러내리는 미세한 뭉게구름 사이로
은백색의 가루가 흩어져 내린 벌판

기쁨 슬픔 외로움이며 가진 자 못 가진 자도
몽땅 모두 그 속 깊숙이 묻어 버리고
하얗게 드리워 낮은 자나 높은 자 위에도
골고루 뿌려 휘덮여 나누어지나니

얼마 지나지 않아 고요의 흐름으로
다시 조금씩 조금씩 녹아내리지만
자기 나름대로 자연으로 돌아가라
잠시 북극의 설원(雪原) 그려 본다
까마득하게 멀어져 가 버리는 흐름까지

# 지켜보는 자와 떠나는 자

아무런 흐름 없이 떠도는 싸락눈만 내리고
곧게 뻗은 자작나무와 잡목 사이
먹이 찾지 못 하는 가느다란 가녀린 다리로 서성이고
하얀 눈 산천 뒤덮고 오갈 데 없이 떠도는
길고 긴 고난의 겨울 속에

언젠가는 사라져 가지만 마주 본 두 눈들은
슬픔과 어두움을 헤아릴 수 없는
밤하늘의 끝없는 별들이구나

이제는 스스럼없이 걸어가
따뜻한 햇살 바라보며 더 밝고 더 많은 곳을
소리 없는 발걸음으로 고라니들은 떠나가고

꿋꿋이 이겨내는 주위
강원의 산골 마을과 초목들은
구름 따라 끊임없이 서성이네

27

# 머물지 않는 새

조용한 곳에 머물 수 없는 시간들이
하나둘 포개어지는 곳
그 곳에 잠시 잠깐
부르시지 않으셔도 스승이요
불러보지 않아도 형제인 것을

우린 끝없이 살 수 있는 끝없는 세월처럼
고요한 해맑은 그 날이 올 때까지
부르고 부르다가 떠나갈 이름이요
스승이요 형제이고 자매일 수밖에

살아 마음의 빈 곳 채울 수 있는
끝없이 사라지지 않는 인연일 수밖에

# 겨울바다

찬바람 휘몰아치는 포구에 서면
바짝 다가오는 먼 수평선이구나

까마득히 움직이던 조그마한 물체
점점이 다가오면서 거친 물살 떠내려가고
다시 물안개 짙게 깔린 해변 저쪽

푸른 물보라 속 높이 빗겨 날아오르면
오늘, 갈매기떼의 자맥질로 다시 살아나는
푸른 물살 서둘러 부두로 밀어 철썩이네

보라 그리고 당신 이름 불러주랴
쉬지도 않는 끈질긴 바다 겨울, 겨울

29

# 빛에게

얼마나 먼 곳에서 다가왔느냐
온 천지 빛이 있어 밝음이 있구나
별빛 달빛 햇빛 듬뿍 가슴에도 빛
빛은 어둠과 그림자 모두의 장애 걷어주고
밝고 맑고 깨끗하게 산 넘어 너머로 비쳐주지만
다시 어두운 그림자 멀리 멀리로 밀어내다오
낮과 밤을 바꾸어 나누어 주는 그대이기에
높고 낮게 계절의 흐름 또한 고루
모두에게 베풀어 주었다는 것인가
기다려 줄 수 없는 시간과 공간 속으로
하지만 오래오래 머물러다오 빛, 빛에게

정의웅 시집

# 별장(別莊)에서

아무도 찾아오지 않는 깊고 고요한 산속에
숲과 나무들만이 자욱한 이곳에
홀로 기약 없는 시간과 자리를 지키며
달 가듯 구름 가듯 제멋대로 시간만 가고
바람과 구름과 빛과 어둠이 찾아와도
돌아앉아 다만 창밖으로 날아든
산새와 벗 삼아 소쩍새도 울어 여위는
하루해는 기다림 속에 저물어만 가는가
아니야 저걸 보아라 오늘 아침
유난히 커다란 저 태양 별장(別莊)에서

31

# 정말 잃어버린 세월인가
– 아프리카 저 광활한 큰 땅의 기지개

아득한 꿈길 땀 투성으로 걸어온 거대한 풍경
끝없이 펼쳐진 초원의 장막 속 뒤엉켜
독화살 날고 창끝 매달린 종족들 아우성 들끓었다고
누가 비웃는 거냐 너희들 핵폭탄 살육의 비극
우리는 큰 눈으로 보고 있단다 그대들 난장판
야생동물이 군림(群臨)하는 순결한 터전에서
보아라 오늘
세기적 골드러시 황금의 순수한 큰 물결 넘치는
풍요로 넘치고 넘치는 역동적인 나라들
흑백 공존하는 야생동물의 포효소리 더불어
흔들리는 때 묻은 문명의 이기 그 아우성 비명소리
검은 영혼의 땅 아프리카 웬말이냐
새 꿈꾸는 대륙의 최남단 관문 남아공화국을
고층빌딩 숲속에서 도시와 맹수가 뛰노는
거센 숨소리 *와일드라이프 서로 공존하는 조화
새로운 자유와 평화 사막과 광활한 초원의 숨결
산과 눈부신 파아란 해변 천혜의 나라
컬러풀한 색채를 가진 무지개의 나라
흑백이 공존하고 문명과 자연 컬러풀한
넬슨 만델라 고향의 향수 깨끗한 땀방울 튕긴다

*와일드라이프(wild life)

# 허수아비라니 누가

누가 그대 이름 지어주었는가 그 누가
황량한 들판에 나 혼자만이 우뚝 서서
잔잔한 바람에도 흔들리는 몸뚱이라고
초가을 찬바람 사이로 새들도 날아올라 스쳐 지나가다
감히 너희들 누구의 어깨며 머리꼭대기 올라탔더냐
허나 그대들은 논바닥에 떨어져 뒹구는 벼알만 쪼아 먹는구나
그래 그래 너희들에게도 귀한 것은 함부로
함부로 내버려 썩게는 할 수 없다는 게지
아저씨와 아주머니 아니 할아버지 할머니들까지
피땀 젖은 땀방울로 뙤약볕 여름 내내 논이랑 가꾸시던 나날
처마 밑 들창가에서 긴 밤 지새는 한숨소리 잘 들었다고
그래 그래 참새들아 걱정 끼쳐 미안하구나
물푸레나무 가지로 두드리며 지나가도

아무런 표정 없이 그냥 흔들리며 서있다마는
기약 없는 찰나만 지나가 버리는 건 아니야
너희들 소곤소곤 뼈아픈 이야기 외국쌀소리도 엿듣는다고

제**2**부

동녘 바라보자

# 동녘 바라보자

살아 있는 자 언젠가 떠나간다 하여도
모두는 따뜻하고 밝은 빛을
멀리서 가까이서 바라보는 것 아닌가
동녘에선 늘 큰 가슴으로 우릴 안아준다네

어두운 밤하늘도 밝고 맑게
바라볼 수 있는 공간속
중천에 휘영청 구름 속 지나가는 나그네런가
님은 온 누리 드넓게 감싸주고

이따금 하나 둘 나타나는
반짝이는 수많은 빛의
그림자로 눈부시게 비쳐주며
가슴에 와 닿는 별님이 있지 않나

언젠가는 님은 떠나가고
홀로 남을 것이니 지난날을 그리워하며
깊이 깊이 서러워 마라

36

# 갯벌에서

넓고 넓은 바다 물의 흐름은
사랑의 손안으로 포근하게 밀려오고
쓸려 지나가는 쓰다듬는 그런 자국마다
싱싱한 한 생명, 한 생명이 살아 숨쉬는
여기 모래톱 그 속으로부터
이따금씩 물을 뿜어내 솟구치는 숨결

그 기척마다 따사로운 사랑의 손길이
매만지는 소리 또렷이 생동(生動)하여
서로를 위하고 서로를 뻐근하게 껴안아주는
나날에도 생존 경쟁 그것 또한 치열하고

숨바꼭질하듯 물을 밀치고 모래톱 헤집는
또 다른 인연이 그를 인도해 가는 시간 속에
거기 참으로 영원히 남아 살아가는
저 떠나지 아니 하는 소중한 삶터는 갯벌일 뿐

37

# 눈 속에 피는 꽃
— 설중매화(雪中梅花)에게

아직 이르다 반짝이는 빛
눈 속에 꽃으로 피기까지는

삭막한 들판에서 먼 산 바라보라
휘젓는 한 가닥 바람이
세차게 몰고 가는 그 때
산 구렁에 눈 쌓이기는 아직 이르다
슬픔은 눈물로 지나고 흘러 버린 개울가
이끼는 아직 마르지 않았다

눈 속에 피는 꽃 화사한 봄날 같은
그대의 설원(雪園)에 눈 녹지 아니 한
그 때를 기다려라 이제 막 돋아나는
꽃 그대 눈 속에 작열하는 소리로
눈부시게 피어날 것이다

# 먼 곳 바라보라

스스럼없이 잠에서 깨어나면
가장 가까운 주위 휘익 둘러 바라다보며
우선 높은 곳을 향한 상상의 날개

나뭇잎이 흔들리는 건 멀리서 달려오는
바람소리 내게 뚜렷이 알려주는 것이야
지척도 멀지 않은 가까운 산속 뻐꾸기 노래
어느새 내 곁으로 성큼 다가선 초여름

상상의 아름다운 시선 따라 가르마 같은
섬세한 빛줄기 타고 파고드는 피부의 감성

따뜻함과 차가움 속 행·불행의 물줄기
하루해도 빠르게 서산 밑으로 어둠 끼는
그림자로 길게 둥지를 틀게 된다네

보고 듣고 느끼는 모두는 이제
깊이 깊이 스스로 깊은 잠으로
시야(視野)를 서서히 잠적시키는 것
하지만 먼 곳 바라보라 다시 먼 곳을

# 빛마루에서

고요한 어두운 밤
구름 속에 달 가듯 세월은 가고
휘영청 어둠을 지나
밝고 맑게 하늘과 땅을 비춰주는
깊고 깊은 먼 산속에 부엉이 울어
어둠을 울어 여의고
초가삼간 툇마루에 빛이 비치는
아득한 먼 날을 바라보고 있으니
한없이 내리 쬐이는
양지 바른 곳 마루 위에
님이여 모든 걸 빛이 비추어 주리라
한없이 비춰주는 빛마루일 뿐이네

# 구름 속에 님이 오시네

먼동이 트는
미명이 밝아오는
오솔길 같은 황토길
님은 밝은 미소를 짓고
해맑은 모습으로
사뿐히 걸어오시네

언젠가 기다리던
님의 모습은
순수하고 영특한
예지를 가슴에 담고

이리도 상상하는
미래의 꿈을 한 아름 안고
슬픔을 멀리 하며
온 누리를 기쁨으로

41

모든 걸 가르쳐 주시고
따르는 선한 마음으로
지상에서 영원으로
구름 속에 님이 오시네

# 물안개

흐르는 물 위에
자욱한 이슬이 피어오르고
희미한 나뭇가지 사이 사이에
엉켜 붙은 꽃망울

누가 보아도
아름답다 느낄지 꽃은 피고 또 지고
정답게 미래를 꿈꾸며 살아가지만
더 짙은 아름다움도 잠시 머물 뿐

푸르름은 더더욱 잔잔한 물과
한없이 높은 푸르름으로
우린 다 같이 바라보며
잠시 스쳐 지나갈 뿐
잠시 머물 수 있는 물안개일 뿐

# 흐르는 물은

지상에서 가장 높은 저 먼 산
중국과 인도 경계지점
에베레스트산은 해발 8,848m
해수면 아래 하와이의 마우나케아산
해저부터는 더 높아 10,203m라네

가장 높은 곳에서 떨어져 내리는 물
산과 계곡 평원을 길게 갈라 헤쳐
가장 높은 곳에서 가장 낮은 곳으로
다시 끝없이 흐르는 것

모든 수목은 잎으로 뿌리로
모두 빨아들여 목마른 이 목축이며
영혼과 육체의 때 묻은 이 씻어 내리고

43

몸과 마음 깊고 깊은 바다 저 편으로
자상함도 앗아가 버리며 흐르는 물
사랑도 높은 곳에서 낮은 곳으로
흘러내리듯 우리는 하나
온 세상은 쉼 없이 흐르는 물로
지상을 낙원으로 그득히 감싸주리라

# 미소(微笑)는

어슴푸레 보일락 말락 어둠 깔린
먼 곳은 가늠도 할 수 없는
아득한 시공(時空)의 흐름 속에
멀리서 조용히 걸어오는 순간
서로가 서로 깨달아 맞닿은 모습

아무런 표현도 없이 빙긋 웃을 때
새벽녘 반짝이는 별빛으로 밝게 비쳐
두 개의 초롱한 빛 바라보면
온 주변은 신비의 웃음 아닌 짙은 미소로
티 하나 없이 참으로 너그럽구나

온 누리 사랑으로 은근하게 바라보며
감싸주는 잔잔한 오늘의 미소는
여운(餘韻) 남기며 지나가고 있다네

# 개나리는

산에는 꿈틀대는 계곡 따라 낙동강 하류
아침 다시 먼동 틀 때 맑은 물소리 내고
먼 산 아지랑이 초원에 밀려와 흔들린다네

양지바른 곳 길섶 골라 조용히 자리 잡은
길게 늘어진 봄의 전령들인가
따사로운 햇살 받고 노랗게 웃고 있는
저 모습 옛날에도 그러했고
지금도 그러하듯 다소곳이 몰려 앉아
계절의 흐름 뒤쫓아 어김없는 건 봄, 봄

지나가는 사람마다 봄의 화신이라고
불러 주어도 말이 없는 가냘픈 몸짓
바람에는 흔들리는 침묵의 꽃이구나
진달래 할미꽃 봄꽃 왔다고 이름 지어도
다만 샛노란 노란 개나리일 뿐
저들 개나리, 개나리는

45

# 별이 빛나는 밤에

허공에 반짝이는 수많은 별들이란
먼 태고(太古)의 조그마한 빛 하늘로 내려와

끝없이 바라보는 눈길을 따라 쉬임없이
오고 가 버리고 그리고 다가오는 아쉬움 속에
가슴에 와 닿는구나 그리움이

오늘도 내일에도 숱한 애환(哀歡) 남겨주고
변하지 않는 밤하늘의 별들은
어둠이 사라지는 영원의 순간까지
많은 애정(愛情)만을 남기고 사라져 가는 것이냐

# 군무(群舞)

수많은 별들이
밤하늘을 수놓듯이
고요한 들섶

아름다운 천년 학(鶴)은
머리에 붉은 단정(丹頂)을 이고
서로서로 마주보고
지칠 줄 모르는 눈빛으로
끝없이 바라보고

진한 몸짓으로
간간히 날고 앉을 듯
한없는 세월을
하얀 깃으로 감싸고
날아갈 듯 날지 아니 하고

47

한 쌍은 끊임없이 춤을 추네
끝없는 사랑을 바라보며
먼 날 순간의 짝을 짓듯
짝을 지어서
생명의 보금자리를
이루고 이루었네

*50년 전 태양이 작열하는 양지바
른 들녘에서 지난날을 뒤돌아보며

# 그 날이 올 때까지 · 1

나는 조용히 그리고 열심(熱心)히
그 누구의 마음도
깊이 깊이 새기며
바라보며 관찰하고

알뜰하게 하나 하나 보살피며
숱한 상처(傷處)와 아픈 곳을
하나 하나 만져주는

크나큰 마음의 상처도
쓰다듬고 고요히 사라져가는
그 누구도 감지 못하는 시간의 흐름에

같이 따라가고 이끌고
위로해 주는 그 날 그 날
기뻐하고 고통이 사라졌다고
여겨 주지만

정녕 상처받은 사람은
모든 게 좋아지고 아픔이 사라져도
무표정한 마음으로 돌아서도
나는 나 홀로 기뻐하고 즐거워하며

48

성실한 마음으로 사랑하고 고요히 살아가리라
고요한 침묵의 그 날이 올 때까지

# 먼 날을 바라보면

자욱이 보이지 아니 하는
영혼을 휘감는
높고 높은 뜻을 보일락 말락 느끼며
겸손은 마음을 머물게 하고

뭇사람들이 스쳐 지나가
항상 이루는 일들이
부족하다 느끼지만
그것을 잘 이루었다는
가이없는 기쁨을 느낄 때
칭찬은 서로를 가깝게 하고

스스럼없이 넓고 넓은 마음은
하나 둘 자유롭게 움직여
가이없이 스스로 따라주게 하고

깊고 깊은 곳에
에메랄드처럼 빛나는
스치는 마음은
마음 가득히 스치는 마음마다
가슴 설레임을 감동케 하네

\*조선시대 순조 때 문신이
며 학자인 다산 정약용 선
생 목민의 마음을 그리며

정의웅 시집

# 톱니바퀴란

머릿속 자욱한
모두가 스쳐 지나가지만
끝없이 이어지는 가느다란 인연으로
우린 쉼 없이 굴러만 가는
영혼의 그림자를
마음에 차곡차곡 담고
한 치의 오차도 없이

마지막 그림을 그릴 때까지
흔들리는 높은 줄 위를
조금이라도 흐트러짐 없이

앞만 보고 걷는 곡예사처럼
이리도 슬픔과 기쁨을 내려놓고
오늘도 차분히 밝은 앞날을 향해
간곡히 기다리는 그 날을 위해

두 손에 땀을 쥐고
환호하는 모두를 바라보고
주어진 환경에 최선을 다하는
삶의 톱니바퀴는 굴러만 가네

꿈으로 온 한 세상 |

# 제3부

## 파란 하늘
## 아래서

# 파란 하늘 아래서

산 너머로부터 밀려오는 목소리
거기 차츰 어둠이 깔린
어슴푸레 보일락 말락
먼 곳을 가늠할 수 없는
시공(時空)의 흐름 속에

멀리서 조용히
걸어오는 순간
서로가 서로를 의식하는
맞닿은 모습

활짝 웃는
아무런 표현도
밝은 빛이 비춰주는
새벽녘 반짝이는 별빛처럼
두 개의 초롱한 빛을 바라보며
온 주변은 신비(神秘)의 미소(微笑)보다
짙은 미소로

티 하나 없는
너그럽고
온 누리를

54

사랑으로 바라보며
감싸주는 웃음으로
바라지 않는 잔잔한 미소는
여운(餘韻)을 남기며 지나갑니다

# 하루를 위하여

숱한 날들을 우리 저마다 걸어가고 있다
험한 손 닿지 아니 하는 곳까지
닿을 수 없는 날들 바라보지 말고
찾아도 찾을 수 없는 어두운 날보다
깨끗한 흰 공책 책갈피마다 연필자국 남기자
알뜰하게 오솔길 걷듯이 차분히 걸어가며
때론 무심코 걷다 돌부리에 차여서
스스로 넘어질 수도 있고
저도 모르는 짙은 냄새의 언덕도 스치지
자꾸 밀어보는 거야 어둔, 어두움을
오로지 눈이 부시도록 찬란한 하루를 위하여

정의웅 시집

# 벗님에게

神이여
감사합니다
서로를 그 누가
보라고 하지도
않았는데

어느 날 만나게 된
모든 것들은
神이 주신 값진
선물이 아니면
볼 수 없는 북극의 오로라
였습니다

57

神이여
그 누가 맺었나요
이렇게
서로의 의미(意味)를
나누게 된 기회(期會)를
주신 것을
허공을 우러러
벗님께 감사드립니다

# 동반자는

숱한 날들 뒤로 남겨두고 찾아온 흐린 날
흐리다고 마음 또한 흐린 것은 아니야
먹구름과 천둥 번개 우레와 같이
대지를 적시는 소나기가 내려와 쏟아져도
이 또한 가버릴 수 없는 것 아니지

다 지나고 나면 구름 걷히고
눈부시게 빛나는 찬란한 태양 아래
햇빛의 포근함과 따사로움이
몸과 마음 감싸 안은 날 찾아올 때까지
동반자는 잠시도 영원히 떠날 수 없는
시간만이 존재할 뿐이다

정의웅 시집

# 가슴에 담고

지난 날의
조그마한 꿈과 미명(微明)의 날들을
남 모르게 살며시 가슴에 담고
하루를 짧게 살아보자 아쉬움도 없이

지금 이 순간(瞬間)에
열심히 살아가리라는
별빛 같은 마음의 이상(理想)도
서로가 나눌 수 있는
조그마한 가장 뜨거운 불씨로

거센 바람 불고
아픔도 기쁨도 슬픔 다 함께 나누며
하늘과 땅이 저렇게 지켜보는 가운데
하나의 망설임도 없이 서로 맺고 다짐하는
따사로운 불씨 순간 순간으로
가슴에 가슴에 담고

# 님의 마음

어김없이 와 닿는 하루는
멀고 먼 꿈속 같아
하늘은 나를 보고
순리를 따르라 하고

끝없이 내딛는 가시밭길로
미래의 보이질 않는 그림자처럼
얼른거리는 모습을
찾아 헤매이는
땅은 나를 쳐다보고
조심조심 가라 하고

인자는 나를 보고
한없이 아름답고
선하고 착하게
하늘과 땅을 우러러
한 점 부끄럼 없이 살라 하며
푸른 산은 나를 믿고
티없이 끝없이 거침없이
말없이 살라 하네
신라인의 얼 빛나는 우리의 터전에

# 정웅 아우
— 조용한 미소 머금는 아우에게

아우의 작품 *'구세관음상' 의 시 조용히 읽노라니
그대의 시심(詩心) 더욱 부드럽고 아늑한 시공(時空) 속에
그렇지, 저것은 어지러운 세상 바라보는 참다운 심상(心象)

모두가 슬프고 어려운 시련만은 아닌 듯
하여 피어오르는 향내 짙은 불전(佛殿) 앞에서
아우와 함께 공을 들이는 그런 엄숙한 순간이로구나
읽고 또 읽어도 파블로 피카소(Pablo Ruiz Picasso)와 같은
그런 우리네와 거리가 먼 순간은 아닌 듯하고

슬슬 엮어가는 말쑥한 시간의 엄연한 흐름은
어려운 세상을 구휼(救恤)하는 간절한 기원의 소리로
차분히 하루 또 하루가 지나는 듯한 시간 타고
형우제공(兄友弟恭)하는 공들이는 세상의 화기(和氣)로운 흐름이여

* '구세관음상' 은 일본 나라땅 '호류지' 사찰에 있는 '일본 국보
불상' 이며 백제 위덕왕이 부왕인 성왕을 추모하여 '녹나무' 로
만들어 일본왕실로 보내준 것. 지금은 일본 국가 비불(秘佛)로서
'호류지' 몽전(夢殿) 안에 엄중하게 보존중인 백제 불상이다.

# 단풍나무 잎은

여리디 여린 차디찬 흐름은 지나가고
파아란 새싹이 잎새마다 흐느끼며
이리도 단아한 모습으로 주위를 살펴보고

지나가는 산새와 따뜻한 기운을 받아
뻐꾸기 울어 여의는
초여름이 다가오고
파아란 새싹이 바람에 흔들리며
지나가는 구름 따라
흐르는 눈물로 하루를 지새우면

어느덧 밝고 맑은 빛을 받아
하나 둘 짙고 짙은 계절의 흐름으로
황금빛 나부끼는 붉은 마음을
가녀린 손짓으로 흔들어 보면
밝아오는 빛을 따라
붉고 붉은 잎새 성장의 기쁨으로
삶을 마감하는
바람에 흐느끼는 단풍잎일 뿐이네

# 행운은 가까이 스미고

조용한 곳에 머물러
나의 일에 골몰히 주변을 돌아보며
이따금 흘러가는 계절의 언덕에 오르면

한 잎 두 잎 은행나무 잎새에
흐느끼는 슬픔의 눈물이
어두운 밤새에 노랗게 물든 잎새에 젖어
페이빙스톤 위에 떨어져 뒹굴지만

걸어가는 자욱마다
지나간 아름다움이 가슴에 저며
한 알 두 알 메마른 가지 위에

추억을 간직하고
멀리서 바라보면
다가오는 즐거움도 기쁨도

나와 함께 가까이서
가녀린 모습으로 속삭여주며
행운은 바라보고 찾는 자만이
밝고 맑은 가슴에 이미 따뜻하게 스며져 있네

# 파랑새는

어디서 날고 있을까
이른 새벽 파아란 하늘빛 바라보는 순간
영혼(靈魂)을 기약할 수 없는 미명(未明)을 넘나들고
끝없이 이어질 보이지 않는 먼 내일로
파아란 꿈이 하나 둘 영글어 가는 즈음에
날아오느냐 잠시 잠깐 어깨 위로 앉았다가
영글지 못한 아쉬운 열매 남겨두고
푸른 깃 번쩍이는 순간 날아가 버렸느냐
아니야 그대 가슴 속에서 날고 있구나 새는

# 만남은

아무런 느낌 없이
어쩌다 보게 된
수런수런한 모습들

이제 시작이다
아무것도 모르는 사이
조그마한 불씨처럼
활활 타오르는 모닥불처럼

뜨거운 사랑으로
나날을 보내자
티없이 순수한 마음으로

하루하루 징검다리 건너듯
개울물이 첨벙이는 돌 위
행여나 넘어질세라
조심조심 한 발짝 두 발짝
다가오는 밝은 미래 바라보며
이렇게 이렇게 조마조마하게
건너면서 오늘도 하루하루 살아가자

만남을 이루고 헤어짐은
영원한 시작일 뿐이다

# 그 날이 올 때까지 · 2

나는 가는 날을 기다리겠소
언제 떠나야 할지
아직은 이르다

오늘이 지나면 내일이라도
어제와 같이 하루를 지나고
모든 낯선 얼굴들을 하나 둘 만나고

슬프고 괴롭고 잠 못 이루는
마음의 상처를 안고
가이없이 아직은 이르다
나는 가는 날을 기다리겠소

멀고먼 산천(山川)
별이 빛나는 밤의 추억처럼
한없이 바라보고
아름다운 무지개 빛나는 그 날
나는 가겠소

찬란히 빛나는 태양 아래
뜬 구름 바람에 지나가듯
조그마한 아름다운 추억을 가슴에 안고

66

티없이 맑은 미소를 짓고
말없이 평화로운 모습으로 아직은 이르다
그 날이 올 때까지

# 누구였던가

순간 미래의 같은 마음으로
이상과 꿈과 나래를
잠시 접고 머물다 간 자리

초승달만 외로이 떠있고
어둠이 내린
산자락 모퉁이엔
부엉이 울음소리
적막을 메우고

찬바람 몰아치고
비바람 맞으며
저마다 주어진 의무에
소임을 다하라고
외쳐댔지만

하루하루는
자연과 더불어
지내와 버렸지만
그나마 마음과 뜻이
말없는 가운데
조그마한 새싹이 움틀 무렵

68

헤어질 때는
아무런 말도 없이
시간의 흐름을 느낄 수도 없이
바쁜 걸음으로 발걸음도 바쁜
갈 길을 재촉하고 헤어졌지만
영원히 영원히 꿈에도 잊을 수 없는
옛 친구일 뿐입니다.

# 잊혀진 계절

한낮은 허공에 구름은 이따금 흘러가고
찬바람과 스산한 어두움이
스스로 교차하는
아무도 피해갈 수 없는
흐름 속에

모두의 몸과 마음은
잊혀진 계절 속에
주어진 삶을 꾸려가는 중
그 누구도 따뜻한 한 순간을
여며주는 이는
보이질 않네

스스로 주어진 시간을
움켜잡을 뿐
이따금 희미한 햇빛 사이로
페이빙 스톤을 걸어가면은
여남은 플라타너스 잎이 한 잎 두 잎
속절없는 바람에 뒹굴고
언젠가 따뜻하고 아름다운 꽃이 피고 지고
새가 우는 이 동토(凍土)에서는
잊혀진 계절일 뿐

기다림 속에 자연은 나를 감싸주고
나의 스승이요
최선을 다해 살아 숨쉴 뿐입니다

# 덕수궁 돌담길은

언젠가 걸어가 본
기억조차 희미한
떨어지는 낙엽을
밟으며 조용히 걸어가던 날

우린 이 순간을 살아 숨쉬며
먼 옛날을 잊을 수도 있지만
조용히 지나간 어제도
오늘이기에 다시 한 번
처마 밑 귀뚜라미의
더듬이로 더듬어보는

하루는 먼 추억이지만
고궁의 그 날은 찬란한
선구자의 영혼이 스며 있는
순간은 내일로 영원히 영원히
남아 숨쉬는 덕수궁 돌담길이
바람에 휘날리며 낙엽과
더불어 더 맑은 아쉬움을 남기며
내일을 기다리고 있습니다

72

# 풀잎은

지금 이 곳 소슬바람 불어오는 산중턱에
나와 앉아 있으면
애잔한 그리움으로 풀잎은 바람에 흔들리고

허기진 하루 하루 미래를 염려하고
지혜로운 마음으로 모든 걸 이루려고
움직여 보아도 만족할 수 없는 순간을

부단히 갈구하며 더 나은 미래를
한 걸음 한 걸음 채울 수 있는
기억조차 희미한 마음을 여미고
다소곳이 아름다운 미래에
흐뭇한 마음을 담을 수밖에

73

# 제4부

## 빛과 그림자는

# 어머니

어려운 현실을
어렵다 아니 하시고
바르게 가르쳐 주시고

안개처럼
희미한 미래를
밝은 안정된
곳으로 인도해 주시고

멀리 떨어져
있는 것 같은
다소곳한 정(情)을
어머니 품속 같은
따뜻한 사랑으로
안아 주셨습니다

# 선물은

최상의 선물 누가 인간에게 주었느냐
신(神)
그 조그마하나마 간단한 용어 하나의 존재

신(神)
너무도 커서 세상 몽땅 덮고 있는 이
네게 보이느냐

중량도 크기도 없다
가진 것 또한 아무것도 없다
믿음 사랑 감사란 말
누가 우리에게 주었는지 아느냐

믿음 사랑 감사는
그 누구도 저항할 수도 없을 게다
그것 하나만으로 온 세상 뒤덮을 수 있고
영영 돌아오지 않는 불여귀(不如歸)가 될 수도 있지

오 최초의 선물이자
마지막 선물이거니
가장 고귀한 선물, 선물은

# 바람이구나

그래, 그래
뭉게구름이 자욱한 하늘 아래
이리도 흐리고 우울한 나날을
움직이기에도 힘든 마음을
가눌 수조차 어려운
맑고 밝은 깨끗함을 향해
하루도 잠시 머물 수 없이 지나가고

어렵고 어려운 나날을
찌든 시간 속에 혼미해진
하루를 멀리멀리 밀어보아도
떠나질 않는 길고 긴 하루가 되듯이

모든 아름답지 못한 일은
짊어진 나날 욕심이란 높은 산
긴 굴레를 잠시 벗어버리고
소슬바람이 불어 깊은 안개도
말끔히 걷히는 아지랑이 아물거리는 함박웃음이 찾아온
무아의 경지에 우린 마지막 바람이었나
아니지 아니야

# 빛과 그림자는

서산에 밝게 별이 빛나는 어두움은 사라지고
스스럼없이 동녘에 밝아오는
환한 빛을 바라보며
그 누구도 해맑은 모습으로 걸어가리라

슬기로운 마음으로 오솔길 같은
미로를 한 발짝 두 발짝
조심스럽게 옮겨갈 때
님의 따뜻한 마음을 가슴에 담고
내일이 멀지 않다 느끼면서
바라보면 님에게

정다운 모습으로 한 손 한 손
포근한 주옥 같은 마음을
건널 때마다
고맙고 아쉽고 그리운 마음을
잠시도 머물 수 없어

가이없이 주신 따사로운
마음을 삶의 보람으로
빛이 사라지면 그림자도 사라지고
살아간다는 것은 빛과 그림자를
드리우는 것인가

# 내일이면 늦으리

다소곳이 먼 날을 바라보면
지나간 날들이 주마등(走馬燈)처럼 반짝이면서
하루가 시작되네

어제의 일들이 오늘의 초석이 되듯이
스쳐 지나간 바람처럼
지나간 날들을 상상(想像)해 보니
부족한 부분을 채우느라
삶은 하루를 장식(裝飾)하고 있네

상상을 초월한 미래를 쉼없이 아름답게 수놓을 수 있음은
부단한 움직임도 좋지만
철저히 빠뜨리지 않는 마음이
가장 소중하고 어제의 못 다한 여남은 여운(餘韻)을
바라볼 수 있는 혜안(慧眼)이 소중하네
모든 건 뿌린 대로 거두리라
오늘 이 순간 내일이면 늦으리

# 님의 마음은

꿈과 사랑이 불타는 밤하늘의 별빛처럼
내가 괴로워하면
나 먼저 슬퍼하시고
내 마음에 고통이 오면
나 먼저 아픔을 느끼시고

먼 길 가던 중 지쳐 버리면
먼저 일으켜 세우시던
나 스스로 기뻐하면 님과 함께 한없이 사랑하고
다 같이 함박웃음 웃으시는
님으로부터 물려주신

영혼과 육신을 고이 간직하고
기쁨 슬픔 노여움 즐거움 근심 걱정 놀라움을
오늘도 가이없는 사랑에 보답하고자
시름없이 한 걸음 한 걸음 차분히
다가가고 있으리라
님의 마음이여

# 자연으로 돌아가라

초생달만 외로이 고요한 깊은 밤
남매는 어둠 사이로 조심스럽게 발걸음을 옮기며
등에 멘 배낭에는 근심이 홀로 잠들어 있고
바람처럼 돌아다니는 아들 딸이 있네
남매의 아버지는 방황하고 헤매이는 자는
사람보다 동물에 가깝다고 말했네

모든 이는 자기의 삶에 열중하고 최선을 다하지만
남매는 한가로이 자작나무 숲에서 노는 동안
사랑하는 아버지는 그림자 없는
애절한 그리움과 아쉬움만 남기고
허공에 뜬 흰 구름처럼 사라져 버렸네

그렇게 남매는 아버지를 잃고
굶주림과 수모를 견디며 걷고 걸어서 도착한 곳은
꿈결처럼 고요한 마을에 있는 작은 동물원
동물들은 살기 위해 해야 하는 것만 하지만
사람은 살아가는 데 필요가 없는 일을 많이 하거든
동물들도 외롭고 고달픈 나날을 보내고 있네

82

철창 안에 갇힌 자유를 잃은 동물들
비를 맞고 갈 곳 없는 남매는 같은 모습을 하고 있네

오빠는 말한다 동물이 언덕에서 굴러 떨어지고
외롭고 스스로 먹이를 찾아야 하고
비가 오면 비를 맞아야 하는 거야
그건 네가 살아있으니까 일어나는 일이야
모든 건 때가 있어 이룰 것 이루고, 있어야 할 곳에 있어야 하네
꽃도 사람도 동물도 모두 자연으로 돌아가라

*2013. 5. 18.

83

# 옛 친구(故友)

순간 미래의 같은 마음으로
이상과 꿈과 나래를
잠시 접고 머물다 간 자리

초승달만 외로이 떠 있고
어둠이 내린
산자락 모퉁이엔
부엉이 울음소리
적막을 메우고

찬바람 몰아치고
비바람 맞으며
저마다 주어진 의무에
소임을 다 하라고
외쳐댔지만

하루하루는
자연과 더불어
지내와 버렸지만
그나마 마음과 뜻이
말없는 가운데
조그마한 새싹이 움틀 무렵

헤어질 때는
아무런 말도 없이
시간의 흐름을 느낄 수도 없이
바쁜 걸음으로 발걸음도 바쁜
갈 길을 재촉하고 헤어졌지만
영원히 영원히 꿈에도 잊을 수 없는
옛 친구일 뿐입니다


*2013. 3. 7

# 아름다운 것은

허공에 흰 구름만 뭉게구름이 흘러가고
아무리 찾아보아도 보이질 아니 하는
아름다운 무지개 찬란한 보랏빛 구름 속에
비구름 맑게 개인 동녘 하늘에 가녀린 그림자로
원을 그리지만 이 또한 아름답지 아니 하네

진정 아름다움은 보석처럼 깊은 곳에
보이질 아니 하는 마음을 서로 담았을 때
그 누구도 상상 못하는 기쁨이 넘치는
순간의 즐거움이 아스라지도록 아름다우리라

# 산 너머에서

행복이란
멀리 있는 것이 아니다
아주 가까이 있는 것이다
추상적인 것도 더 더욱 아니다

행복은
나만이 소유하는 것 또한 아니다
모두가 지니고 간직하고
살아가는 것이다

열심히 살아가는 이는
잠시 잠깐 기억에서
잊었을 뿐이다

열심히 살아가는 자는
언젠가 스스럼없이 머무는 순간
사막의 신기루처럼
행복이란 동녘에
환하게 비추는 보름달처럼
빛나게 나타날 것이다.

# 마네킹에게

소란스럽고
흐트러진 빛깔
모두 주워 담고

여길 볼까 저길 볼까
두리번거리는
기약 없는 시선들

조용히 설 수 없는
조금이나마 움직이며
걸어가지만

주어진 하루를 나타낼 수도
형형색색의
그림자만 어른거릴 뿐
이룰 수 있는 건
언제나 변함없는
주어진 모습에 만족하는
조용히 눈을 뜨고 초점 없는
미래를 바라볼 뿐 체온도 사색도
모두 잃어버린
끝없는 소리 없는 마네킹일 수밖에

| 정의웅 시집

# 길손에게

먼 길 떠나는
나그네 발길 아래
흰 눈이 내려

마음은 텅 빈
외로움에 젖어
한눈엔
이슬져 내리는구나

까마귀 울어
길손을 맞이하지만
아직은 시작이고
처음인 것을

재촉하는 소리에
길 따라 터벅터벅 걸어만 가는구나

뒷모습 멀리서 바라만 보고
가는 곳마다
신의 보살핌이 그림자처럼 따라가시라
빌고 빌어본다

# 인연설은

이 세상은 단 하나의 행성 속에서
무한의 광막한 파아란 하늘은
시간의 흐름 속에 빛은 자욱하게
먼 공간에 몰려 있고 흰 구름만 흘러
신비스러움으로 가득한 경이로움을 담고
어두운 그믐 초생달만 외로이 서산에 기울고
무아의 경지에서 어머님의 산고를 대신해서
참고 참았던 울음으로 세상을 바라보았네.

주위는 모두 숙연하고 기뻐하였지만
스스로 느끼지 못하는 찰나의 영겁을
가이없는 공간 속에
조그마한 유년의 둥지 속 보금자리
나날을 지켜보며
이 풍진 세상을 걸음마하였다네.

세상은 넓고 아름답고 할 일은 많고
나 자신보다 주변을 먼저 터득하여
삶의 질을 높이라는 부모님의 뜻을 따라
최상의 삶을 지키라는 위치에
영상을 돌려보니

어언 당나라 장안성 동남쪽 곡강시(曲江詩) 속에
두보(杜甫) 시인이 예부터 드문 일이라 하였던
인생칠십고래희(人生七十古來稀)라
미백(微白)이 섬섬한 고희(古稀)를 넘기니
여남은 여생(餘生)을 이 세상 주변에 인연 맺어
이리 받아 저리 주고 저리 받아 이리 주니
빈 손 들고 맨몸으로 먼 길 떠날 길 상상하니
여린 마음 시린 가슴 비바람에 진눈깨비만
하염없이 휘몰아치는구나

# 막다른 길

마지막이라 까마득하게
삶은 항상 기억하며
지나가고 살아가네
수많은 사람과
숱한 언어와
만나지만은

모두들 자기 나름의
미래(未來)를 꿈꾸며 지나가네
그리고 언젠가는
잠시 머물 수 없는
보이질 않는 그림자처럼
까마득하게 까마득하게
환하게 환하게 빛을 주며

마지막이라 이른 시점이 찾아왔다고
상상(想像)하는 순간
열심(熱心)히 걸어간 이는
결코 보이지 아니 해도
떠남이 아니고
새로운 영혼(靈魂)의 여행(旅行)일 뿐이다

# 까마귀는

흰 눈이 쌓이는
길고 긴 어둠의 그림자가
나뭇가지마다 포근하고
바람도 쉬어가는 한적한 곳에

눈 속에 자는 듯
잃어버린 계절의 흐름 속
까악까악 까마귀만
나뭇가지 사이 주위를 맴돌고

제주 한라산 중턱에
길손인 겨울 까마귀가 날아들었네

흰 것은 항상 밝음과 환상의 빛을
검은 것은 어둠을 그려 주고
선(善)과 악(惡)을 그려 주지만
모든 건 밝고 맑은 빛과
어둠이 지나면 밝음이 찾아가는
대자연의 순리를 가르쳐 주는
겨울 길손인 까마귀는
다 쓸어가는 검은 것은
아름다운 길조인 것이다.

93

# 거울 앞에서

모두는 보아주지도 않는다.
어느 날 서서 있어도 길을 걸어가도
그냥 스쳐 지나가 버리고 만다.

두 눈이 별빛처럼 빛나고 명석해 보여도
눈을 반짝이면서도 마음은 먼 곳을 보는지
아무도 가장 가까운 자기 자신의 모습을
들여다볼 수 없는지 그냥 스쳐 지나간다.

가슴에 담은 보석 스스로 찾을 수 없듯이
스스로의 보배 내 손으로 파헤쳐 오늘도 지나갔으나
잠시 잠깐 멈춰서 뉘우치는 두 손 모아
뒤돌아보고 지나가야지.
그냥 스쳐 지나가지만 말아야 해

# 흑두루미들에게

추위를 잠재워주는 그대 검은 빛깔을 감싸고
여기 고아한 자태와 날렵한 비상으로
저 담 너머 창공 위에로 더 높이 더 높이
푸르른 긴 하늘 자락 끝없이 넘나드는
경북 구미 평해 습지 위를
겨울 나그네 세어 봐야지
하나 둘 셋 넷 다섯 여섯 열 스물 서른 어 어
모두 몇 마리지 다시 세어보자 그래 145마리

흑두루미들아 먼 여정(旅程)에 피로의 기색도 없이
잘들 찾아왔구나
시베리아 캄차카 반도에 둥지를 틀고
서로 서로 사랑을 나눈다는 소문이 정말 맞는구나
종족 보존의 자연의 섭리도 모두 초월(超越)한
그 무서운 추위 동장군 더 없는 한파를 넘어

여기 우리들의 터전 이리도 자유로운
푸른 하늘을 늠름하게 무리져 춤추고들 있으니
천당이 어디 따로 있겠느냐
너희 겨울 나그네들아 떠나들 말고 오래 머물러다오

# 조각하며

텅 빈 공간에다 하나의 석물 바로 세워
강한 손이 아닌 뜨거운 땀방울로
오늘 당신 앞에 조각칼로 다듬어 가는 순간
내게는 보이지 않으나 모든 형상이 이루어지고
영상(影像)이 떠오르는 늘씬한 곡선미
그것이 뚜렷하게 당신에게 보인다지요
지나가 버린 흔적을 들추어내며
쉼 없이 매만지던 손은 사라지고
세상을 응시하는 저 형상이 남아있다고요
남아있다고요 고맙습니다 고맙습니다

98

# 초공(超空)이란

시간은 잠시도 머물지 않는 것인가
커다란 당신의 가슴과 부풀던 뿌듯한 꿈도

지금 저 하늘에 흘러가는 것은 무슨 물결인가
당신의 입가를 맴돌던 너그러운 손짓은 아니런가
산꼭대기에 맴도는 것은 그렇지
그것은 오랜 날의 땀과 눈물 그런 진한 자국들
시시각각 구름 되어 그저 머물지 않는다

오늘의 어두운 얼굴이 내일은 활짝 갠 하늘로
마디마디 순간의 뼈저린 아픔도
보라 영원에의 머나먼 저 공간 속에
모든 건 다 기다렸다 기다려 주질 않을 수도
다만 거기 의젓한 높은 꼭대기가 당신의 품안 그득
그득히 안겨 있는 것이 아니런가

99

# 그림자 따라

유유히 흐르는 뭉게구름 사이로
먼 지난날의 발자취가 흘러 지나가듯 그림자를 남기고
앙코르와트* 수도 사원으로 흐르는 인공수로
캄보디아 삶과 죽음의 공간을 넘어
매년 250만 명 이상의 관광객이 시엠레아프 속으로

죽음의 사원으로 불린 세계 7대 불가사의에 오른 문화유산
앙코르와트 주변은 돌 하나 없는 평원에서
거대한 앙코르* 유적은 신이 주신 캄보디아 선물
고대 크메르 왕국의 앙코르 왕조시대(9~15세기)의 것
앙코르와트 북쪽에 있는 앙코르 톰은
자야바르만 7세 때인 13세기에 세워진
왕국 수도로 한 면이 3km에 달하는 정사각형 도시
앙코르 톰*에서 바이온 사원 남쪽 서쪽 외벽에는
인간 욕망의 그림자가 새겨져 있고
앙코르와트는 200m 폭의 수로가 5.6km의 깊이로 감싸고 있고
이 수로는 우주의 바다와 물은
인간 세계와 신의 세계를 잇는다고 믿고 있네
앙코르왕도가 이곳 시엠레아프에 자리 잡은 것은
바로 톤레사프 호수가 있었기 때문
모든 강이 흘러드는 톤레사프는 건기에 서울의 5배 3,000km²
우기엔 무려 11,000km² 서울의 16배 이상 큰 호수라네

이곳 톤레사프 호수엔 수상촌 사람들의 순수성에
행복도 물질로만 그릴 수 없는
나의 그림자를 뒤돌아보고 다시 찾는 순간이기에
앙코르와트는 프랑스 박물학자에 의해 1861년에 알려졌다네

베트남군과 크메르반군의 끝없는 욕망으로 그 유명한
킬링필드 영화를 다시 그려 보네
존 레넌의 이메진이 조용히 흘러나오면
하염없이 눈물이 파도처럼 밀려오고
잊혀진 그림자도 바람처럼 우리의 뇌리에 스쳐 지나만 가네

*앙코르와트 : 수도사원
*앙코르 : 크메르어로 수도
*앙코르톰 : 거대한 도시

꿈으로 온 한 세상

# 메아리

가파른 언덕에 올라
지난날의 정다운 날들을
하나하나 더듬어 보니
잊을 수 없는 그리운 님의 따뜻한 정을

그리운 님은 어디 계신지
그립고 그리운 님의 모습
부르고 불러도 대답 없는
보고 싶은 님은 오시질 않고
님은 멀리 멀리 떠나가고

스산한 바람이 불어오는 깊은 가을
기러기떼는 때가 되면 찾아오는 들녘에
외로이 홀로 서서 부르고 불러도 대답이 없는
님의 모습 그리며
이 마음 그리움을 내 어이 전하리오

이 산에서 부르는 소리
산울림만 이 산에서 저 산으로
저 멀리서 메아리만 까마득하게 울려 퍼지네

| 정의웅 시집

# 머무르는 곳

자연은 스스로
스치는 바람결에
고요히 와 앉는 나뭇가지에
무아의 경지에 이르러

멀고 먼 먼 곳이 아닌
가장 가까운 곳에
보이는 아름다운 모든
해맑은 눈빛으로 세상을 바라보며

잔잔히 밀려오는
물의 흐름을 잠재우는
우주의 한 가닥
신의 축복 속에
그대와 같이 고요히
잠시 머물러 있을 수밖에

*오욕(五慾) : 다섯 가지 욕심
―수면욕(睡眠慾), 식욕(食慾), 색욕(色慾), 명예욕(名譽慾), 재물욕(財物慾)
*칠정(七情) : 일곱 가지 감정
―희(喜 : 기쁨), 로(怒 : 노여움, 화냄), 애(哀 : 슬픔), 락(樂 : 즐거움), 오(惡 :
미움), 욕(欲 : 욕망, 두려움), 애(愛 : 사랑)

# 님아, 그 언덕을 넘지를 마오

저 높은 곳에서
까마득한 빛이 비춰주는 것
그것도 사랑이다
다가오다가 문득
산등성이를 지나
다시 비춰주는 것도 사랑이다
사랑은 장애가 없어야
한없이 밝게 맑게 순수하게
비춰주는 것이다

빛이 조금 멈추어 섰다 해서
사랑이 아닌 건 아니다
모든 건 사랑으로 이루어지고
사랑으로 헤어지고
다시 마지막 사랑이
우릴 감싼다

언제 사랑이 떠날지
님아 그 언덕을 넘지를 마오
모든 건 사랑이다
만남도 헤어짐도
미움도 그리움도

영원한 사랑은 아름답다
진정 사랑이다
영원한 사랑일 뿐이다
빛처럼 다가오는 사랑을 바라보며

105

# 선구자의 비애

걸어도 걸어도 그치지 않는
차디찬 비바람 눈보라 속에
주어진 날들을 가슴에 담고

오늘도 어제의 일처럼
다듬고 다듬는 마음을
서로 가꾸어가며

언젠가는 따스한 봄볕을
온몸에 만끽하는
우린 선구자라

처참히 흐르는 눈물을 삼키고
저 높은 봉우리 위를
인적이 끊긴 산 중턱을
홀로 외로이 걸어가고

때론 지저귀는
이름 모를 산새를 벗 삼아
오르고 오를수록
두고 온 사랑을 그리워하며

106

구름도 쉬어가는 최정상에 오른
선구자의 슬픔을 가슴에 담고
지칠 줄 모르는 환희를 느끼며

107

# 유배지(流配地)

아무도 찾지 않는
조용한 골방에
이따금 들리는 떠나버린 소리만

스쳐 지나가는 바람
창밖에 흘러가는 구름
어둠이 자욱이 깔리면 유리창 너머로
비쳐주는 별빛

모든 게 지나가는 추억이라
나 스스로 마지막 순간까지
밝은 내일 먼 날을 바라보니

멀지 않는 그날이 우릴 서로서로
정답게 기다리고 기다려
곧은 외길로 갈려고 했었는데
어쩌다 흐르는 물길이 잘못 잡혀
이곳에 잠시 머물게 됐네

| 정의웅 시집

# 풀잎에 젖은 것은

어둠이 지나고 잎새에 물든 파아란 물방울
이른 아침에 붉으레 타오르는
밝은 빛을 바라보며 반짝여 주지만

찬란한 빛을 받아 조그맣게
물방울의 빛이 가물거리며
중천에 뜬 빛으로
방울방울 맺힌 아침 이슬은

이미 살아 시든 꽃처럼
수그러들고 영영 자취를 감추고
돌아오질 않는 풀잎에 맺힌
아침이슬이었네

109

# 방랑(放浪)의 숲속에서

소백산 자락 희방사 숲속
잔잔히 흐느끼는 바람소리만
서로들 말없이 숲이 가린
파아란 하늘만 쳐다보고
발길 닿는 대로 보이지 않는
산등선 사이로 걷고 걸어도

가까이에서 들리는 지저귀는 산새소리와
이따금 들리는 계곡의 물소리
나무 위에 분주한 다람쥐가
재빠른 움직임으로 나뭇가지 사이로
도토리 물어 나르는 모습

모두가 아름다운 한 폭의 그림 같아
앞세운 영혼의 그림자는 서로의 두 손을 맞잡으라는
가르침으로 서로서로 두 손을 마주잡고
하루해도 짧고 짧은 먼 산을 바라보며
방랑의 숲속에서 흘러내린 물을 가슴에 살포시 담아 가려네

110

# '언젠가' 는 결코 오질 않는다

창공을 날으는 새와 같이
항상 바쁘고 분주하고
어둠이 내린 이외에는
끊임없이 상상(想像)의 나래를 펴고
바다 위를 날으는 앨버트로스 새처럼

멀고 먼 푸른 바다를
쉼 없이 노를 젓는 마음으로
풍랑과 휘몰아치는 물결을 뒤로 하고
모든 어려움을 참고 견디고
다소곳이 주어진 현실에
마지막 그 날까지 빛을 바라보고
최선을 다하며 다가가야 하네

마음에 담은 더 나은 하루를 위하여
모든 걸 이루려는 떠날 수 없는 마음으로
무엇이든지 하나하나 빠뜨리지 않는
열 가지 중 하나라도 빠뜨리면
열이 아닌 듯, 계절이 지나고
어려움과 아름다움과 즐거움
모두가 가냘프게 들린다
저 멀리서 '언젠가' 는 결코 오질 않는다고

*부모님의 뜻
을 그리며

111

# 어둠 속 스쳐 지나가는 달

떠오르는 듯 지는 듯 잠시 어지러워 조용히 눈을 감고
묵념에 잠긴 모습 힘없이 앞을 보고
흐릴락 말락 먼 곳을 바라볼 수 없는
가까운 곳 앞만 보고 조심조심 가느라
이 순간 어두움도 밀치지 못하는 가냘픈 모습으로

지구가 달과 태양 사이에
지구 그림자가 달을 가리는
이 날 보름달은 상현달 초승달 그믐달
하현달 순으로 한 달간 변화하는 모습을
3시간에 걸쳐 지나가네

지구 그림자에 가려진 뒤 지구대기에
굴절된 태양빛을 받아
평소보다 어둡게 빛나는 붉은 달
1시간 가량 계속됐네

살아가는 동안 취한 듯 조심스레 얼굴 모습도
붉으스레 옛 모습으로
돌아오는 마음을 새로이 보여 드릴려고
안간힘으로 빙그레 웃으면서
환하게 떠오르는 세월의 흐름으로

밝게 맑게 어둠 속을 스쳐 지나가는 달

오후 6시 14분부터 오후 9시 34분까지
개기월식이 진행됐다
2011년 이후 3년만이다

# 지혜로움은

인연이 다가온 뜨거운 열정으로
불러도 불러 보아도 보이질 않는
그대의 환한 모습
꿈속에서 그려 볼까
보이질 않고 보여지질 않는
절세의 가인(佳人)이라던가

이 세상을 살아 천 년을 살아도
알 수 없는 그림자를 그릴 수 없는
중국 삼국시대 제갈공명의 지혜로움으로
우릴 단숨에 보듬어 껴안아 주네

피안의 세계에 머물러
갚을 길 없는 고맙고 고마움으로
가이없는 밝은 빛을 따라
우린 걸어갈 것이니

그대 이토록 갚을 수 있는
조그마한 문틈에 한없는 빛이 들어오고
그릴 수 없는 은혜로움으로
지혜롭게 바라보리라

# 쫓는 자와 쫓기는 자

아프리카 사파리 밀림 속 초원에서
날렵하게 생긴 얼룩 치타는
삶과 죽음을 가늠하는 순간의 기로에 서서
먼 주변을 살피고 스스로 정확한 판단 아래
첫 출발을 거침없이 움직이는 거리를 향하여
최후의 순간까지 달리고 달려야 하네

순간순간 민첩한 움직임으로
한 치의 오차도 없이 마지막 숨을 거두는 순간을 위하여
가냘프고 섬세하게 생긴 영양가젤은
삶과 헤어지는 완전속도로 모든 걸 헤치고 쫓기고 있네

이러한 경지에 이르러지면

115

시간과 공간을 노리는 자 얼룩 점박이 하이에나는
느리고 느린 속도로 주위를 살피고
또 한 번 시련을 겪어야 하네
모든 건 쫓는 자와 쫓기는 자의 시련일 뿐

# 순수 서정의
# 영감(靈感)으로서의 시문학 작업

## 홍윤기

日本센슈대학 대학원 국문학과 文學博士
日本리쓰메이칸대학 대학원 사학과 초빙교수
사단법인 한국문인협회 고문

　　민족사의 숨결도 유구한 역사와 문화로 유서 깊은 포항(浦項)
의 향토시인으로, 또한 평생 그의 따사로운 손길로 인술을 펼쳐
오며 존경받고 있는 정의웅(鄭義雄) 시인. 그의 순수 의지가 눈부
시게 정화(精華)를 이룬 가편(佳篇)들을 여기서 마주 대하려니 필
자로서도 그 기쁨 자못 크다. "어째서 인간은 詩를 쓰는가" 하는
물음을 필자는 이 시집을 통해 연면하게 파악하고 있다. 인간 역
사상 가장 오래 되었다고 하는 시는 고대 '바빌로니아어'로 썼
다고 하는 점토판의 서사시 〈神들의 전쟁〉으로 알려진다.
　　여기 첫머리에는 "하늘도 없고 땅도 없었던 아득한 옛날, 세
상에는 물과 그것을 지배하던 남녀 한쌍 밖에 없었다"고 하는
뜻의 시구가 쓰여 있었다고 한다. 필자는 그렇듯 거창하게 따질
것도 없이 "그 옛날 도기야(都祈野) 포항땅에는 연오랑과 세오녀
가 살다가 한민족 '해의 神, 달의 神'의 찬연한 뜻을 받들어 일
본에 건너가서 왕과 왕비가 되었다"고 노래하는 것이 으뜸이라

116

고 보련다. 바로 그것을 〈연오랑 세오녀 기리며〉라고 노래한 정
의웅(鄭義雄) 시인. 여기서 함께 작품부터 감상해 본다.

동녘에 찬란히 빛나는 영일만에
신라 제8대 아달라왕 4년 서기 157년
동해변에 연오랑 세오녀 부부가 살았다네

연오가 바닷가에서 해조를 따던 중
갑자기 태양신의 부름으로 큰 바위배 보네
바다 건너 섬땅 저 멀리 건너갔다네
그 나라 사람들이 연오랑 맞아 무릎 꿇어
하늘이 내린 인물로 섬겨 새 임금으로 모셨다네

세오녀는 남편 연오가 돌아오지 않자
바닷가로 찾아 나섰다가 남편이 벗어둔
신을 보며 다가온 큰 바위에 오르니
그 바위 둥둥 떠서 멀리멀리 건너갔다네
연오랑 기쁨에 넘쳐 세오녀 맞이하여 얼싸안고
"오, 짐의 귀비여 하늘이 보내셨구려"
이때 신라 서라벌 터전은 해와 달이 빛을 잃었다네

수심어린 아달라왕께 일관이 조아리며 아뢰기를
"일월(日月)의 정기가 왜땅으로 번진 괴변이옵나이다"
"이를 어쩔꼬, 서둘러 왜땅으로 사신을 보내어라"

일본왕 등극한 연오랑의 이동은 한민족 천신(天神)의 뜻이니

117

"신라는 세오녀 왕비가 짠 세초(細綃)로 하늘에 제사 올리시오"

사신이 귀중한 비단보 모시고 신라로 귀국하여 천제 올리니
보라, 하늘에 다시 해와 달 드높이 밝아졌구나
해맞이 영일현(迎日縣) 또는 도기야(都祈野)라 하였고
제사 모신 터전은 신성한 성지로다
세오녀 왕비의 '비단보' 나라의 국보로 삼아
신라 서라벌 땅 귀비고(貴妃庫)에 모셨다네

태양 속에 까마귀가 산다는 양오전설(暘烏傳說)의
일본왕 된 신라 연오랑 세오녀는 한민족 사화(史話)로
빛나는 일월지(日月池)의 발자취는 우리 고장 영일만에
오래오래 눈부시게 머물 것이야 청사 길이 빛낼 것이네

– 〈연오랑 세오녀 기리며〉 전문

　이와 같이 우리 한민족은 고대에 환인천제와 환웅천황과 단
군왕검 삼신을 받들면서 '해의 神, 달의 神'의 뜻을 모셨던 것이
다.
　"일본왕 등극한 연오랑의 이동은 천신(天神)의 뜻이니/ '신라
는 세오녀 왕비가 짠 세초(細綃)로 하늘에 제사 올리시오' // 사신
이 귀중한 비단보 모시고 신라로 귀국하여 천제 올리니/ 보라,
하늘에 다시 해와 달 드높이 밝아졌구나/ 해맞이 영일현(迎日縣)
또는 도기야(都祈野)라 하였고/ 제사 모신 터전은 신성한 성지로
다/ 세오녀 왕비의 '비단보' 나라의 국보로 삼아/ 신라 서라벌
땅 귀비고(貴妃庫)에 모셨다네"
　일본의 고대 역사에서는 신라인 연오랑왕을 '신라왕자 천일

118

창(天日槍)’으로 떠받들며 오늘에 이르기까지도 여러 곳에 국가
사당에 최고신으로 모셔 제사 올리고 있다.

평자는 작년(2014. 11. 10)에 일본 나라(奈良)땅의 연오랑왕을
제사 모시는 ‘웅신신사(雄神神社)’ 성지(聖地)를 직접 답사하고 귀
국했다. 그 고장은 지명도 신라를 가리키는 곳이다. 즉 나라현
야마베군 쓰게촌(都祁村) 시라이시(白石) 지역이다. 쓰게촌(都祁村,
도기촌)이라고 하는 지명은 『삼국유사』에서 지적한 천신 제사터
전인 바로 그 ‘도기야, 都祁野’이며, 시라이시(白石) 지역이라는
것은 ‘신라’의 이두식 한자어 표현이라는 것을 우리는 주목할
일이다. 그러기에 정의웅(鄭義雄) 시인의 〈연오랑 세오녀 기리
며〉를 거듭 다시 감상할 만하다고 본다.

이번에는 〈눈 속에 피는 꽃〉을 감상해 보자.

아직 이르다 반짝이는 빛
눈 속에 꽃으로 피기까지는

삭막한 들판에서 먼 산 바라보라
휘젓는 한 가닥 바람이
세차게 몰고 가는 그 때
산 구렁에 눈 쌓이기는 아직 이르다
슬픔은 눈물로 지나고 흘러 버린 개울가
이끼는 아직 마르지 않았다

눈 속에 피는 꽃 화사한 봄날 같은
그대의 설원(雪園)에 눈 녹지 아니 한
그 때를 기다려라 이제 막 돋아나는

꽃 그대 눈 속에 작열하는 소리로
눈부시게 피어날 것이다

- 〈눈 속에 피는 꽃〉 전문

정의웅(鄭義雄) 시인의 〈눈 속에 피는 꽃〉은 때마침 설중매화(雪中梅花)가 피는 철이기에 가장 알맞는 작품이다. 그러기에 필자가 담당하고 있는 「讀書新聞」의 '시해설 칼럼' (2015. 2. 16)에다 다음처럼 평가했기에 여기 시집에다 기념 삼아 다시 수록하기로 한다.

긴 겨울 모진 찬바람을 이겨내고 조금씩 기지개 펴면서 새봄 기다리는 마음은 누구에게나 간절한 소망이며 꿈을 키우는 삶의 동작이 아닐 수 없다. 정의웅 시인은 눈 속에 피어나는 매화꽃인 설중매(雪中梅)에의 기대가 간절하다. 그러기에 "아직 이르다 반짝이는 빛/ 눈 속에 꽃으로 피기까지는"하는 오프닝 메시지로써 오늘의 현실적인 삶 속에서의 새해 새 소망을 시심에 깊숙이 담아낸다. 하지만 "삭막한 들판에서 먼 산 바라보라/ 휘젓는 한 가닥 바람이/ 세차게 몰고 가는 그 때/ 산 구렁에 눈 쌓이기는 아직 이르다/ 슬픔은 눈물로 지나고 흘러 버린 개울가/ 이끼는 아직 마르지 않았다"는 겨울 속에서의 절박함을 승화시키는 메타포가 한결 맵짜다.

일찍이 프랑스 시인 보들레르는 "삶 속에 작용하는 아픔을 시심으로 승화시키는 능력은 오로지 현실을 초극하는 절도 있는 의지로써 발현된다. 독자가 간절히 소망하는 공감대 형성이 바로 거기에 있다"고 하지 않았던가. 정의웅 시인의 새봄을 맞는 따사로운 목소리와 더불어 우리도 삶의 난관을 이겨내야 하지 않을까 싶다.

다음은 〈날아라 새야〉를 감상해 보자.

조용한 곳에 머물 수 없는 시간들
하나 둘 포개어지는 곳 멀리로

우린 끝없이 살 수 있는 끝없는 공간 향해
날아야 하네 날아가야 한다네
해맑은 그 날 눈부시게 쌓이는 곳 가슴에 담고

자욱한 안개 끊임없이 거두어 헤치며
어둠의 그림자 모두 지워 버리고
저 먼 빈 곳 푸르게 더 푸르게 채우러

날아라 새야, 새야

- 〈날아라 새야〉 전문

그렇다. 정의웅(鄭義雄) 시인의 이렇듯 눈부신 의기의 날개를
얻어 타고 우리 독자 모두 함께 2015년을 "우린 끝없이 살 수 있
는 끝없는 공간 향해/ 날아야 하네 날아가야 한다네/ 해맑은 그
날 눈부시게 쌓이는 곳 가슴에 담고// 자욱한 안개 끊임없이 거
두어 헤치며/어둠의 그림자 모두 지워 버리고/ 저 먼 빈 곳 푸르
르게 더 푸르게 채우러" 날아야 하겠다.

이와 같은 시인의 순수하고 고결한 의지의 날개야말로 오늘
의 난국을 우리 모두 슬기롭게 극복하는 원동력이 될 것이며 희
망찬 대한민국 2015년의 도약의 새 발판으로 이루어야 하리라.
"날아라 새야, 새야." 어쩌면 신(神)은 정의웅 시인에게 참으로

인간다운 '삶의 진실' 파악이라는 가장 숭고하고 고품도의 인스피레이션(靈感)을 안겨주었고, 화자는 즉시 화답하며 그의 시 세계를 숭고하게 구축하였다고 본다. 여기서 말하는 신은 뮤즈(詩神, 시신)이다.

따지고 볼 것도 없이 이런 시를 창작해내는 시인은 어김없이 하늘이 내리는 존재다. 인간 정신의 모든 사상(事象)을 고찰의 대상으로 삼아 서구 문화에다 최상의 표현을 부여했던 시인 폴 발레리처럼. 엄밀한 사유와 견고한 구성을 바탕으로 음악적이며 건축적 해조(諧調)를 이룬다고 보련다. 밝은 새봄과 함께 한껏 날개를 펼치고 새들은 날아야 하겠다. 그와 같은 시인의 간절한 소망을 우리도 함께 알차게 누려야 한다.

다음 작품은 〈화산(火山)〉이다.


한적하고 조용한 산 중턱
아무도 모르는 풀잎과 나무들
인도네시아 수마트라 시나붕


참고 참았던 눈물은
지축을 뒤흔들면서 터져 나오는
생명체는 스스로 반성하고
하늘의 거룩한 뜻을 높이 높이 받들라는
자연의 순리이리라


앞을 바라볼 수 없는
검은 연기와 흑비(黑雨) 쏟아져
8,000m 상공까지 치솟고

분화구에 최소한 5km까지
벗어나라는 대피령 받은 12,300명

생명의 지혜는 자연으로 돌아갈 수밖에
신(神)을 경외(敬畏)하고 자연을 존중하리라

– 〈화산(火山)〉 전문

지난 2013년 9월 17일 심야에 인도네시아 수마트라 시나붕 화
산(火山)의 대폭발이라는 비극적인 사건이 터졌었다. 한국의 시
인 정의웅은 붓을 들었다.

"참고 참았던 눈물은/ 지축을 뒤흔들면서 터져 나오는/ 생명
체는 스스로 반성하고/ 하늘의 거룩한 뜻을 높이 높이 받들라는
/ 자연의 순리이리라"고. 그리하여 엄청난 삶에의 불가결한 양
식에다 인간의 생명을 가탁하여 오늘의 치열하고 혼탁한 삶과
그 아픔의 진실을 초자아(超自我)의 시세계로 메타포 시켰다. 삶
의 존재가 어쩌면 지구 위에 산다는 인간 존재에 매달려 허덕이
는 어쩌면 우리들 하나 하나 자아의 실존적 페노미나라는 현상
은 아니런가 가상해 본 것 같다.

그렇듯 현대시는 가장 치열하고도 개성적일 때 만인에게 공
감되는 명편이 된다. 개성적인 시는 시문학적인 새로운 가치 창
출이며 그 이상을 자신의 내부로 받아들여서 객관적으로 창작
발산하는 눈부신 성과를 거두기 마련이다. "생명의 지혜는 자연
으로 돌아갈 수밖에/ 신(神)을 경외(敬畏)하고 자연을 존중하리
라"고 하는 삶의 아픔 속에서의 현대시의 생명력은 이미지
(image)의 다양하고 발랄한 전개 과정에서 눈부시게 꽃핀다.

시인 정의웅은 일종의 사회시(社會詩)로서의 다채로운 인간 삶

123

의 콘텐츠를 심미적 방법으로 이미지화 시키는 솜씨가 자못 독특하고 참으로 신선하다. 이미지의 새롭고 다채로운 표현을 통한 삶의 아픔과 그 심오한 진실을 서정적으로 두드러지게 메타포하는 것이 얼마나 값진 것인가를 여실하게 제시하는 주목되는 시인이다.

이제 그는 우리들에게 〈먼 곳 바라보라〉고 충고해 준다.

스스럼없이 잠에서 깨어나면
가장 가까운 주위 휘익 둘러 바라다보며
우선 높은 곳을 향한 상상의 날개

나뭇잎이 흔들리는 건 멀리서 달려오는
바람소리 내게 뚜렷이 알려주는 것이야
지척도 멀지 않은 가까운 산속 뻐꾸기 노래
어느새 내 곁으로 성큼 다가선 초여름

상상의 아름다운 시선 따라 가르마 같은
섬세한 빛줄기 타고 파고드는 피부의 감성

따뜻함과 차가움 속 행·불행의 물줄기
하루해도 빠르게 서산 밑으로 어둠 까는
그림자로 길게 둥지를 틀게 된다네

보고 듣고 느끼는 모두는 이제
깊이 깊이 스스로 깊은 잠으로
시야(視野)를 서서히 잠적시키는 것

하지만 먼 곳 바라보라 다시 먼 곳을

　　　　　　　　　　　　　　　 – 〈먼 곳 바라보라〉 전문

　그렇다. "보고 듣고 느끼는 모두는 이제/ 깊이 깊이 스스로 깊은 잠으로/ 시야(視野)를 서서히 잠적시키는 것/ 하지만 먼 곳 바라보라 다시 먼 곳을." 시인의 길은 그가 살아가는 시대의 인간적 가치를 꿰뚫어내는 데 있다고 본다. 일반적인 의미에서 서정시는 거의 대부분이 패션(정념)에 의하여 쓰여질 뿐 거기에는 존재 감각의 실체인 암호가 결여되고 있는 것들을 살피게 된다.

　정념이라는 것은 단지 패토스(pathos) 즉 패션(passion)을 가리킨다. 데카르트는 정념을 이끌어주는 것으로서 놀라움을 비롯하여 고통, 사랑, 미움, 욕망, 기쁨, 슬픔 등 여러 가지를 들었다. 이경우 그런 정념에 대한 설명은 불필요하다는 것이다. 즉 "따뜻함과 차가움 속 행ㆍ불행의 물줄기/ 하루해도 빠르게 서산 밑으로 어둠 까는/ 그림자로 길게 둥지를 틀게 된다네"에서처럼 아픔의 정념 속의 수동적 감정을 능동적 감정으로 전환시킬 수 있는 상상력이 있어야만 시가 성공한다고 본다. 놀라움을 비롯하여 고통, 사랑, 미움, 욕망, 기쁨, 슬픔 등이 단지 조건반사가 아닌 자신의 내면 세계 속에서 융합되어 자연스럽게 스스로 움직이기 시작하는 데서 현대시의 새로운 존재 감각은 뛰어난 시로 승화하게 되는 것이다. 〈먼 곳 바라보라〉의 새로운 아포리즘의 미학에 독자들도 감동하리라고 본다.

125

　이어서 〈갯벌에서〉를 감상해 본다.


　　넓고 넓은 바다 물의 흐름은
　　사랑의 손안으로 포근하게 밀려오고

쓸려 지나가는 쓰다듬는 그런 자국마다
싱싱한 한 생명, 한 생명이 살아 숨쉬는
여기 모래톱 그 속으로부터
이따금씩 물을 뿜어내 솟구치는 숨결

그 기척마다 따사로운 사랑의 손길이
매만지는 소리 또렷이 생동(生動)하여
서로를 위하고 서로를 뻐근하게 껴안아주는
나날에도 생존 경쟁 그것 또한 치열하고

숨바꼭질하듯 물을 밀치고 모래톱 헤집는
또 다른 인연이 그를 인도해 가는 시간 속에
거기 참으로 영원히 남아 살아가는
저 떠나지 아니 하는 소중한 삶터는 갯벌일 뿐

‐ 〈갯벌에서〉 전문

　　"숨바꼭질하듯 물을 밀치고 모래톱 헤집는/ 또 다른 인연이
그를 인도해 가는 시간 속에/ 거기 참으로 영원히 남아 살아가
는/ 저 떠나지 아니 하는 소중한 삶터는 갯벌일 뿐"이라는 삶 그
자체가 어려운 것이 아니라 우리가 모르고 있다는 것이 어려움
이라는 것을 냉혹한 현실 사회에 투영으로써 리얼하게 이미지
화 시키는 시인 정의웅(鄭義雄). 그의 탁월한 시세계 〈갯벌에서〉
는 고난 속 현대 사회 구원(救援)이라는 애정 어린 인간애로서의
가치 있는 평등한 인간상 회복에의 소망스러운 사회성의 시세
계인 '소셜 포이츄리'는 시적 건축 구조적 미학의 추구이다. 동
시에 그 주지적 발자취에는 마치 폴 발레리의 경우처럼 이탈리

126

아의 위대한 예술가 레오나르도 다 빈치의 논리적 '방법 서설'
이 깔리는 것과도 같다.

이 시집에서 정의웅 시인의 다채롭고도 다각적인 시 작업은
앞으로 두고 두고 오래도록 모든 작품을 한 편 한 편씩, 평자 나
름대로 거듭 분석하고 연구하면서 깊이 살펴보고 싶은 충동을
느꼈다. 평자가 지난 날, 유학중이었던 일본대학의 대학원에서
'시마자키 토손'(島崎藤村, 1872~1943)에 심취하여 그의 모든
시를 종합하여 파헤쳐 논고하여 보았듯이 나는 이번에 정의웅
의 시세계를 다시금 새롭게 접하면서 한국시단에서 하나의 빛
부신 금광 광맥이라도 발견한 그런 충만감으로 넘치고 있다. 물
론 어디까지나 냉철하게 그의 시편들과 광범하게 마주서서 말
이다.

또한 독자들을 보다 더 친절하게 그의 시세계로 접근시키게
하기 위하여 내가 선별한 이 시집의 시편들 중에서 각기 한국현
대시로서의 특성을 가진 서로 다른 면면들을 뽑아 그 콘텐츠를
풀어보려고 했다. 두 말할 것 없이 여기 선정한 것 밖의 여러 시
작품들도 가편이 그득 넘치고 있음을 밝혀둔다.

앞으로 한국시단에서 정의웅 시인의 더욱 눈부신 활동을 기
대하련다.

127

# 후기(後記)

황량한 사우디아라비아 사막(沙漠)과 같은
풀 한 포기 없는 모래 바람이
휘몰아치는 어려운 환경에
매일 고통을 겪는 이에게
나름대로 마음과 육체를
최선을 다해 다듬어 드려도
어딘지 만족을 드리지 못한 가냘픈 마음으로
내일이면 또 다른 유형의 모래바람처럼
휩쓸고 지나가는 오직 하늘과 땅만 바라보고
무엇으로 채워야 할지
새로운 마음의 다짐을 받아
모래바람을 벗 삼아 걸어가는 도중
다가오는 앞날의 또 다른 길손을 만나
꿈과 희망과 사랑을 주신
벗님과 스승님의 따뜻한 마음으로
한국 현대시문학연구소장 문학박사
홍윤기 국제뇌교육 대학원 국학과 석좌교수
서울과학 종합대학교 대학원 경영학 박사 제갈정웅
학교법인 대림대학교 전 총장
전 이화여자대학교와 서울종합과학대학 경영대학 겸임교수
두 분의 도움으로 금생(今生)의 인연 속에
(스승님, 아우님)

| 정의웅 시집

사막의 오아시스와 같은 고마움을
이 모두에게 행운을 가득히
한 아름 담아 보내드립니다

2015년 1월 어느 차디찬 겨울날

정 의 웅 씀

정의웅 시집

# 꿈으로 온 한 세상

•

지은이 / 정의웅
발행인 / 김재엽
발행처 / 한누리미디어
디자인 / 지선숙

•

121-840, 서울시 마포구 잔다리로 35, 2층(서교동, 서운빌딩)
전화 / (02)379-4514, 379-4519
Fax / (02)379-4516
E-mail/hannury2003@hanmail.net

•

신고번호 / 제300-2006-61호
등록일 / 1993. 11. 4

•

초판발행일 / 2015년 4월 10일

•

ⓒ 2015 정의웅 Printed in KOREA

•

값 9,000원

•

•

ISBN 978-89-7969-502-1  03810